W0285573

FAST & FURIOUS

LES ESPIONS DANS LA COURSE

Fast & Furious Franchise © 2021 Universal City Studios LLC. TV Series
© 2021 DreamWorks Animation LLC. All rights reserved.

Adapté de l'épisode *La chambre forte céleste*

© Hachette Livre, 2021 pour la présente édition.
Adaptation : Elizabeth Barfety.
Conception graphique du roman : Audrey Thierry.
Mise en pages : Clémentine Lemoine.

Hachette Livre, 58, rue Jean-Bleuzen, 92178 Vanves Cedex.

FAST & FURIOUS
LES ESPIONS DANS LA COURSE

Course mortelle

hachette
JEUNESSE

TONY TORETTO

Tony est le neveu de Dominic Toretto et, comme lui, il est passionné par les courses automobiles dans les rues de Los Angeles ! Son rêve : battre le record de vitesse de Dom... Au volant de sa *muscle car*, rien ne l'arrête ! Il est déterminé et sûr de lui, mais son caractère trop impulsif lui joue souvent des tours.

LAYLA GRAY

Dangereuse et redoutable au volant comme dans la vie, Layla travaille comme recruteuse pour l'organisation criminelle SH1FT3R. Leur technique : organiser des courses qui servent de couverture à des casses spectaculaires... Layla est une conductrice professionnelle, et elle pilote une voiture de rallye blanche appelée *Astana Hotto*.

FROSTEE BENSON

Frostee est le petit génie de la bande. Incollable en informatique, il sait hacker tous les systèmes possibles et imaginables... et sait également créer des programmes et conduire des drones. Pour être efficace durant les courses, il s'est même installé un tableau de bord informatique à bord du *trophy truck* de Cisco !

Le mécanicien du groupe sait toujours quoi faire pour réparer son énorme *trophy truck* ainsi que les bolides de ses amis ! La mécanique n'a aucun secret pour lui, même si ses techniques sont souvent un peu farfelues. Un chewing-gum pour réparer un moteur ? Vraiment ?

CISCO RENALDO

ECHO PEARL

Son vrai nom ? Margaret Pearl. Mais interdiction formelle de l'appeler comme ça ! Echo est une artiste passionnée d'automobile, et l'une des meilleures amies de Tony. Elle est très douée et participe, elle aussi, à de nombreuses courses de rue dans sa *supercar*. Têtue mais surtout très rusée, elle est une excellente alliée !

Le petit génie 1

C'est une belle journée à Los Angeles, et le Salchicas, le restaurant des mères de Frostee, est plein. Pourtant, toutes les deux s'accordent quelques minutes de pause pour passer un appel vidéo à leur fils, parti pour l'été en stage de sciences. C'est du moins ce que leur a fait croire Miss Nullepart…

En réalité, le petit génie travaille pour les services secrets !

Heureusement, les agents de Miss Nullepart s'y connaissent en mensonge. Pour les appels de Frostee, ils ont installé un grand décor derrière lui. On croirait que le garçon est en pleine campagne, bien loin des rues brûlantes de Los Angeles !

Preuve que l'illusion est parfaite, Tiffany admire le paysage qu'elle découvre derrière son fils.

– Regarde-toi, seul dans la nature ! s'exclame-t-elle. C'est un lac, à côté ? Comme c'est beau !

Wanda observe le décor verdoyant elle aussi, mais elle ne semble pas l'apprécier autant...

– Ne va pas asticoter les abeilles ! intervient-elle, inquiète. Tu as emporté ton adrénaline ?

– Je ne suis pas allergique aux abeilles, maman ! proteste le petit génie, en levant les yeux au ciel.

– Tu dis ça maintenant, réplique Wanda. On en reparlera quand tu te seras fait attaquer, et que tu deviendras aussi bleu qu'une myrtille !

Tiffany préfère changer de sujet.

– Et la science ? questionne-t-elle. Est-ce que notre bébé s'est fait des copains au stage ?

– Je ne suis pas un bébé ! s'écrie Frostee, vexé.

Il se retourne pour montrer à la caméra sa dernière invention : un sac à dos modifié, duquel sortent des hélices vertes.

– Est-ce qu'un bébé saurait construire ça ? ajoute-t-il, fier de lui.

– Wanda, regarde ! s'exclame Tiffany. On dirait les ailes qu'il avait fabriquées, tout bébé.

– C'est clair que c'était plutôt cool, reconnaît Frostee, qui avait oublié cet épisode. Mais ça, c'est mieux ! assure-t-il en se penchant vers la caméra. C'est un costume-drone. Regardez !

Il appuie sur l'écran de son portable et les hélices se mettent en marche. Aussitôt, le petit génie est soulevé de terre.

– Je vole ! crie-t-il, fou de joie. Wouhou !

– C'est épatant ! s'enthousiasme Tiffany. Regarde, Wanda, notre petit ange flotte dans les airs.

Cette dernière secoue la tête.

– Je ne veux pas de cet engin de malheur dans mon restaurant, prévient-elle. Je viens juste de réparer les dégâts de ton laser, et je n'ai pas besoin que tu nous fasses un trou dans le toit...

À l'écran, Frostee prend des poses, très détendu. Allongé dans le vide comme sur un canapé, assis en tailleur...

– Je gère la situation, affirme-t-il. Je pourrais servir les tables dans ce costume. Je ferais pleuvoir des saucisses : bam, bam, bam ! ajoute-t-il en mimant la scène.

Puis il dégaine une canette de Yoka et en boit une gorgée.

– Tu vois ? Je n'en renverse même pas ! se vante-t-il.

Il vient à peine de terminer sa phrase qu'un bruit inquiétant s'élève du sac à dos modifié. Frostee se retrouve brusquement secoué dans tous les sens…

– Une seconde, bredouille-t-il. J'ai juste quelques petits réglages à faire !

Mais le petit génie est balloté dans le ciel, impuissant.

– Non, pas ce bouton ! gémit-il, en essayant de reprendre le contrôle de son appareil grâce à l'écran de son téléphone portable.

Wanda observe la scène, sourcils froncés.

– Ne va pas tomber dans le lac ! gronde-t-elle.

– Ça, c'est mon bébé ! souffle Tiffany, toujours aussi admirative.

Décidément, ses deux mères ont des réactions radicalement opposées

aux expériences de Frostee ! À l'écran, ce dernier finit par se poser sans dommage. Il est temps de raccrocher.

Avant de retourner en cuisine, Wanda soupire :

– Le cerveau de ce petit nous rendra riches un jour… ou il nous tuera tous !

L'invitation 2

Frostee n'est pas seul au quartier général du crew. Au garage, Tony, Cisco et Echo sont penchés sur la *muscle car* du jeune pilote. Ils tentent de réparer son moteur… et il leur donne du fil à retordre.

– Moi, tout ce que je dis, mon pote, déclare le mécano de la bande, c'est que tu ne peux pas arrêter un train

lancé à pleine vitesse avec une voiture, puis venir te plaindre d'avoir des problèmes de transmission !

Tony hausse les épaules.

– Si je n'avais pas arrêté ce train, on aurait de plus gros problèmes, fait-il remarquer.

– Pourtant, je t'avais dit que je m'en sortirais toute seule ! lance alors une voix dans leur dos.

Surpris, Cisco se redresse brusquement et se cogne violemment le crâne dans le capot relevé. Layla, qui vient d'entrer dans le garage, a une moue d'excuse.

– Désolée, lui dit-elle.

– Ne t'inquiète pas, la rassure Tony, c'est la sixième fois aujourd'hui…

– C'est vrai, admet le mécanicien. Mais à force, un jour, je vais penser de travers !

– Trop tard, le mal est fait ! se moque Echo.

Layla s'approche du jeune pilote, toujours occupé à bricoler.

– Un coup de main ? propose-t-elle. Pour ton information, le moteur est là.

Tony sourit, amusé.

– Ah, d'accord… Merci !

La jeune femme se penche.

– Je vais tenir ça. Toi, tu serres.

Tony lui lance un regard étonné.

– Je n'avais pas vu que tu avais les mains si sales, remarque-t-il, avec une pointe d'admiration.

– J'ai assez de saleté sous les ongles pour planter des patates, réplique Layla, avec fierté.

Puis elle attrape le poignet de Tony pour examiner sa main.

– Toi, par contre, se moque-t-elle, tu as une peau de bébé. Toute douce… Qu'est-ce que tu mets comme crème ?

Vexé, le garçon retire sa main. Il prend son visage le plus dur pour affirmer :

– Quoi ? Mes mains, c'est du fer recouvert de barbelé enroulé dans du cuir !

– Arrête, rétorque la jeune femme. Je suis sûre que tu ne peux même pas tenir une tasse de tisane sans hurler comme un cochon !

Elle se lance dans une imitation assez convaincante de l'animal.

– Très drôle, répond Tony.

Pourtant, il ne peut s'empêcher de sourire. Layla n'est pas la personne la plus facile à aborder, mais plus il la connaît, plus il l'apprécie. Ce qui n'est pas le cas d'Echo, qui jette un regard noir à l'intruse.

– Tu avais quelque chose à nous dire ? questionne-t-elle, bras croisés.

– Je suis venue vous parler de la prochaine course, explique Layla. Elle aura lieu au sommet du Mont Zébulon !

– Qu'est-ce que c'est ? interroge Cisco.

– Le rallye dont rêve Clash depuis toujours, précise la jeune femme.

Il en parle depuis que je le connais. Mais toute la montagne appartient à Delwyn Usk, un milliardaire de la high-tech. C'est pour ça qu'on a volé les codes au Russe : ils désactivent le système de sécurité du Mont !

– Attends, il y a une mine de diamants à l'intérieur ? questionne Tony, intrigué.

– Ils ont creusé la montagne pour y installer une chambre forte ? renchérit Echo.

– C'est un volcan ? s'écrie Cisco.

Comme toujours, le mécanicien est complètement à côté de la plaque… Echo roule des yeux.

– Pourquoi Clash voudrait-il voler un volcan ?

– Pour la pierre ponce ! s'exclame le mécanicien. Et pour avoir le monopole du marché du savon ! Clash adore les voitures, et rien n'enlève mieux la graisse incrustée sous les ongles que la pierre ponce.

Echo se redresse brusquement et écarte les bras en grand.

– Reculez tous d'un pas, ordonne-t-elle. Je vais frapper la tête de Cisco un grand coup, pour voir si elle redémarre !

Tony rigole. C'est vrai que leur ami a une logique bien à lui !

Reprenant ses explications, Layla ajoute :

– On ne va rien voler, cette fois. Apparemment, Clash ne supporte pas l'idée qu'un homme puisse détenir toute une montagne. Il veut que ce soit le plus gros rallye SH1FT3R jamais organisé !

– Il va falloir modifier ton mélange de carburant si tu veux que ton moteur tourne en altitude, dit Echo à Tony.

– Préparez aussi vos voitures, lance Layla. Clash vous veut tous dans la course.

Cisco et Echo sautent de joie. Enfin, un peu d'action !

Une fois Layla partie, le crew se met au travail. Chacun doit modifier son véhicule pour l'adapter au mieux aux conditions de cette nouvelle course !

Après plusieurs heures de bricolage, Echo montre sa *supercar* améliorée à ses amis.

– J'ai posé un train arrière large pour être plus stable dans les virages, annonce-t-elle, visiblement impatiente de le tester. J'ai aussi ajouté des propulseurs pour augmenter la

poussée, une batterie expérimentale top-secret du gouvernement, et j'ai repeint la carrosserie avec une nouvelle couleur très classe !

La jeune fille n'a négligé aucun détail. Sa voiture, d'un noir brillant, est impressionnante.

– Moi, j'ai mis de porte-gobelets, annonce fièrement Cisco. J'ai aussi surélevé cette fusée, ajoute-t-il, en passant sous son *trophy truck*. Et, au cas où j'ai des réparations à faire… j'ai prévu des porte-gobelets sur le châssis ! termine-t-il, démonstration à l'appui.

Tony et Echo échangent un regard amusé.

– Si tu te sers de tous ces porte-gobelets, remarque la jeune fille,

tu vas aussi avoir besoin de toilettes intégrées…

Cisco sourit.

– Pas besoin, avec tous ces gobelets vides, réplique-t-il, en désignant son chargement !

Echo le regarde avec une moue dégoûtée, sans oser lui demander s'il est sérieux. Elle préfère ne pas savoir…

Préparatifs 3

Le lendemain, Tony et son crew sont prêts pour la course. Ils ont embarqué leurs véhicules dans le camion géant des services secrets, qui leur sert de base avancée. Ils sont en route vers le Mont Zébulon… et en grande discussion avec Miss Nullepart, dont le visage

s'affiche sur le grand écran de la salle de contrôle.

Comme souvent, elle est furieuse. Et comme toujours, elle marche sur place, déterminée à atteindre son objectif de 10 000 pas par jour…

– Ce que Layla a dit m'est égal ! lâche-t-elle, sévère. Clash veut entrer dans un repaire secret détenu par un milliardaire reclus dans sa montagne… C'est sûr, il a une idée en tête !

– Vous ne comprenez pas, réplique Tony, très sûr de lui. Layla et Clash me font confiance ! Je suis l'un des leurs maintenant. C'est une infiltration parfaite : ils ne se doutent pas une seconde que je suis un espion. Je suis trop doué ! termine-t-il, avec un sourire satisfait.

Miss Nullepart secoue la tête, agacée. Pas de doute, Tony prend la grosse tête…

– J'ai réussi toutes les missions que Clash m'a confiées, ajoute le jeune pilote.

– Une seule mission, corrige la directrice.

– Oui, confirme le garçon, sans se démonter. Ça fait toutes les missions. Je vous assure : si c'était un casse, je serais au courant. Layla est carrément ma meilleure amie, maintenant !

En entendant ces derniers mots, Cisco pousse un cri outré.

– Ma fausse meilleure amie, précise Tony.

Le mécanicien pousse un soupir de soulagement. C'est lui, le meilleur ami du pilote. Avec Echo et Frostee, bien sûr. Mais il n'a aucune envie d'accueillir la jeune femme dans leur crew.

– Ne me refais plus jamais ça ! souffle-t-il à Tony, avec un air de reproche.

Miss Nullepart lève les yeux au ciel. Il est temps de revenir aux choses sérieuses.

– Gary, ordonne-t-elle, montre-nous une carte du Mont Zébulon.

Aussitôt, un hologramme de la montagne apparaît au milieu du crew de Tony. La technologie des services secrets est toujours aussi impressionnante !

– Vous avez vu les antennes satellites au sommet de la montagne ? commence la directrice. De là-haut,

Clash pourrait pirater le contrôle du trafic aérien, ou empêcher les communications dans toute l'Amérique du Nord. Les clés pourraient bien être des satellites…

– Il y avait des satellites, dans son coffre-fort ? questionne Tony.

– Non, mais il y avait plein d'objets volés impressionnants, réplique Cisco. Et de magnifiques voitures modifiées.

Echo approuve avec enthousiasme.

– Regarde, Tony, renchérit Frostee, en faisant apparaître des hologrammes des fameuses voitures. J'ai pris des photos.

– La classe ! s'exclame le jeune pilote en admirant un des bolides. C'est quoi, cette voiture ?

– Aucune idée, avoue le petit génie. J'ai cherché partout, mais je n'ai rien trouvé. Je ne sais pas où elle a été fabriquée. Regarde son châssis : il est très étrange. Ils ont utilisé un alliage expérimental et une signature magnétique…

Miss Nullepart n'en peut plus : ils sont incapables de se concentrer cinq minutes !

– Vous voulez bien oublier les voitures ! s'énerve-t-elle. On dirait que c'est la seule chose qui vous intéresse. Nous sommes à la recherche de clés.

– On n'a pas trouvé de clé ni de disque dur ou de codes secrets, lui rappelle Cisco.

– Frostee et moi, on a fait des recherches sur Delwyn Usk, le milliardaire à qui appartient la montagne, intervient Echo. Figurez-vous qu'il a un lien avec les autres personnes que Clash a volées…

Frostee approuve, en tapotant sur un écran holographique.

– Regardez cette photo de 1993 ! lance-t-il.

Mais, au lieu de faire apparaître un cliché lié à l'enquête, il leur montre une vieille photo de Miss Nullepart, en mini short et débardeur rayé. À l'époque, ses cheveux étaient teints en blond.

Les ados éclatent de rire, mais la directrice reste impassible.

– Si vous espériez me mettre mal à l'aise, vous allez être déçus. Je me trouve sublime !

– C'était juste pour rigoler, déclare le petit génie, en retrouvant son calme.

Il fait apparaître la bonne photo, sur laquelle figurent plusieurs hommes en costume, qui participent à un cocktail. Frostee pointe l'un d'eux et zoome sur son visage, avant d'expliquer :

– Voilà le fameux Usk. C'est lui qui a fait construire des fusées et tout un tas d'engins de l'espace ! Et là, poursuit-il en zoomant sur l'homme situé face au milliardaire sur la photo, c'est le créateur du logiciel qui pilotait le train à grande vitesse.

Puis, le petit génie s'intéresse à un homme placé un peu plus loin.

– Et voici Williams, le propriétaire du yacht sur lequel SH1FT3R s'est introduit.

Il pointe les dernières personnes présentes sur la photo et avoue :

– Eux, je ne sais pas qui c'est...

Miss Nullepart acquiesce, plutôt intéressée.

– Il y a donc un lien entre ces gens...

– Evidemment ! s'exclame Tony. Tous les riches se connaissent, non ?

– C'est vrai, approuve Echo. Vous avez déjà entendu parler des *Illuminati*?

La jeune fille fait référence à une célèbre théorie du complot, qui prétend qu'une poignée de personnes très puissantes œuvrent en secret pour diriger le monde.

– Dans ce cas, intervient Frostee, il faudrait faire des recherches sur le groupe Bilderberg.

Le petit génie est, lui aussi, très friand de toutes les théories possibles et imaginables qu'on trouve sur Internet. Le club auquel il fait référence rassemble une centaine de privilégiés et se réunit chaque année dans le plus grand secret. Comme il est composé en majorité de célébrités – diplomates, hommes d'affaires ou encore hommes politiques – on le soupçonne d'avoir une influence majeure sur le monde...

– Ouais, les hommes-lézards ! s'écrie Cisco, surexcité.

Le mécanicien du groupe a ses propres théories... et elles tendent plutôt vers la science-fiction que vers la politique !

Sur l'écran géant, Miss Nullepart est à bout de nerfs.

– Est-ce qu'on pourrait se concentrer sur le complot du moment ? les interrompt-elle. Puisque cette montagne est la nouvelle cible de SH1FT3R, je pense que Delwyn Usk doit détenir l'une des clés. La question est : où ?

– Je ne lâcherai pas Clash des yeux une seconde, promet Tony. Mais croyez-moi : s'il comptait voler quelque chose, je serais au courant. Vous avez bien vu comment Layla est avec moi !

– Oui, j'étais même à deux doigts de vomir en les regardant, déclare Echo avec une moue écœurée.

Frostee pose la main sur l'épaule du jeune pilote et ajoute :

– Ne te laisse pas avoir par ses charmes, Tony !

Puis il continue à l'adresse des autres, ravi :

– Vous avez vu ? On dirait une réplique d'espion !

– Je ne suis pas amoureux d'elle ! proteste le jeune pilote. On est amis. Euh… collègues ! se reprend-il.

– Vous n'êtes ni amis ni collègues ! tonne Miss Nullepart, hors d'elle. C'est une criminelle sur laquelle on enquête. Garde bien ça à l'esprit ! Ça fait à peine deux minutes que vous êtes espions et vous vous prenez déjà pour des professionnels…

– Ne vous sentez pas menacée par la nouvelle génération, rétorque Tony.

La directrice ne répond même pas à cette nouvelle insolence ; elle se contente de faire apparaître l'hologramme de la montagne devant les amis.

– Ça va drôlement grimper ! remarque Cisco, en observant la piste qui serpente sur les flancs du Mont Zébulon. Heureusement, j'ai mes porte-gobelets !

Personne ne fait remarquer au mécanicien que les porte-gobelets ne sont pas une solution à tout. Mieux, Frostee entre dans son jeu.

– Je propose d'emmener un Yoka XXL, alors ! déclare le petit génie.

Miss Nullepart secoue la tête.

– Tu n’es pas de la partie, lui dit-elle. Tu vas devoir rester dans le camion et surveiller ces satellites. Il est hors de question de faire participer un jeune de 13 ans à une mission catastrophe qui n’a ni vrai chef ni sécurité opérationnelle !

Tony pourrait se vexer – c’est lui, le chef, après tout. Mais il préfère tenter de convaincre la directrice.

– Allez, laissez le petit venir avec nous, tente-t-il.

– *Le petit* ? s’indigne Frostee.

– Je gère la situation, assure encore Tony. On est gonflés à bloc. Comme les fessiers de Gary !

À ces mots, l'agent secret, qui passait justement derrière la directrice, se retourne et souffle, flatté :

– Oh ! Merci, Tony !

– Frostee restera dans le camion, décrète la directrice, d'un ton sans appel.

– C'est pas juste ! gémit le petit génie. Il est trop nul, ce stage de science !

Propriété privée 4

Enfin, le camion high-tech parvient au pied du Mont Zébulon. Dans la réalité, il est bien plus impressionnant qu'en hologramme. Mais les amis n'ont pas le temps d'admirer les environs : le départ de la course approche, et les voitures se pressent déjà au point de rendez-vous.

Tony, Cisco et Echo vont rejoindre les autres coureurs. Ils reconnaissent certains visages, des pilotes qui ont participé aux courses SH1FT3R précédentes.

– Tony ! lance soudain une voix.

Clash s'avance vers le jeune pilote, un sourire aux lèvres. Il est suivi de près par Layla.

– Salut, mon pote, répond Tony, très détendu.

– Alors, prêts à apprivoiser la bête ? questionne le chef de SH1FT3R.

– Carrément ! répond Echo.

– J'ai posé des porte-gobelets partout ! annonce fièrement Cisco.

Clash, qui n'est pas habitué au côté décalé du mécanicien, lui lance un regard perplexe.

– Cool, lâche-t-il, sans conviction.

Puis, d'un signe, il invite les participants à se rassembler et déclare :

– Cela fait des années que je rêve d'organiser cette course. Quand ils étaient encore vivants, mes parents m'emmenaient camper ici. Mais un jour, un milliardaire s'est payé cet endroit et a mis des clôtures partout !

– N'importe quoi ! peste Layla.

– Exactement, confirme Clash. Comment peut-on laisser un homme acheter une montagne ? Et empêcher tout le monde de s'y promener ? En Amérique, le pays de la liberté !

Ces derniers mots galvanisent les coureurs, qui acclament Clash.

– Aujourd'hui, nous allons frapper un grand coup, reprend-il, exalté. Aujourd'hui, nous allons rendre le Mont Zébulon au peuple. En route !

C'est un vrai discours politique que vient de livrer le chef de SH1FT3R. Il a enflammé la foule, et les pilotes sont plus motivés que jamais.

Une chose est sûre : cette course n'est pas comme les autres…

Clash se dirige lui aussi vers sa voiture. Mais avant d'y monter, il souffle à Layla :

– Ne t'éloigne pas. Je veux qu'on les conduise ensemble jusqu'au sommet.

La jeune femme acquiesce.

Puis le chef de SH1FT3R s'installe au volant et prend la tête de l'impressionnante file de bolides. Pour le moment, les coureurs progressent calmement. Après une dizaine de virages, Clash indique aux autres pilotes de s'arrêter et d'attendre son signal.

Il poursuit seul dans la dernière boucle, et parvient devant une haute porte située dans le mur d'enceinte massif qui bloque l'accès au Mont Zébulon. Comme si le haut mur de pierre ne suffisait pas à décourager les visiteurs, l'accès est aussi gardé par deux hommes en uniformes, armés et casqués.

Clash se gare à quelques mètres d'eux, descend de sa voiture et s'approche, une carte à la main.

– Excusez-moi, pourriez-vous m'aider ? leur demande-t-il. Je suis à la recherche du Mont Zébulon.

– Désolé, monsieur, répond le premier garde en soulevant la

visière de son casque. C'est une propriété privée. Vous ne pouvez pas rester là.

Le chef de SH1FT3R continue à jouer les touristes inoffensifs.

– Je voudrais seulement retrouver un ancien camping, où j'allais avec mes parents. Vous comprenez, ils sont morts, et c'est un endroit très spécial pour moi, et qui me rapelle beaucoup de souvenirs…

D'un geste de la main, le garde lui ordonne de s'arrêter.

– Monsieur, je vais devoir vous demander de partir, insiste-t-il, d'une voix dénuée de toute émotion. Le Mont Zébulon est une propriété privée, désormais. Personne ne peut y accéder.

– Toute la montagne est une propriété privée ? fait mine de s'étonner Clash.

– Oui, monsieur, confirme le garde.

– Et vous trouvez ça normal ? questionne Clash, le visage qui se durcit.

Sentant la menace, le garde rabat sa visière et appuie sur un bouton, qui fait surgir des canons lasers : deux autour de la haute porte, et deux sur les piliers de pierre situés dans le dos du faux promeneur.

– Si vous ne quittez pas la zone immédiatement, nous sommes autorisés à utiliser tous les moyens nécessaires pour vous faire partir, avertit le garde.

– Attendez une petite seconde, réplique Clash. Nous sommes

toujours en démocratie, rassurez-moi ? Les citoyens de ce pays ont encore le droit de vote ? Ou bien le système est-il tombé aux mains de milliardaires comme Delwyn Usk ?

Le garde ne paraît pas sensible à ce discours politique. En revanche, il est visiblement tendu.

– Vous avez dix secondes avant qu'on ouvre le feu, prévient-il. Partez, s'il vous plaît.

– Regardez-vous, crache Clash, méprisant. Vous êtes cernés par la technologie ! Vous croyez qu'elle vous rend invincible... Mais c'est justement cette dépendance qui est votre point faible !

Avec un sourire mauvais, Clash brandit une télécommande, et ordonne :

– Dégagez de ma montagne !

Il presse un bouton, et aussitôt, les deux canons situés derrière lui, se mettent à tirer sur la haute porte, la faisant voler en éclats. Effrayés, les deux gardes ont juste le temps de s'écarter pour ne pas être pulvérisés…

Clash contemple les décombres, satisfait. Il a pris le contrôle du système de sécurité de Delwyn Usk. La voie est libre, à présent. Il remonte dans sa voiture et annonce dans sa radio :

– Top départ !

Le chef de SH1FT3R accélère pour s'installer en tête, bientôt suivi par les autres pilotes. Ça y est, la course est lancée !

Une suprise de taille 5

À son poste, enfermé dans la salle de contrôle du camion, Frostee observe le départ de la course. Le petit génie est frustré.

– Moi aussi, je veux grimper cette montagne ! se lamente-t-il, en prenant une grande gorgée de Yoka pour se consoler.

Sur un écran secondaire, Miss Nullepart secoue la tête. Elle surveille la course, bien sûr, et plus particulièrement, les faits et gestes de Clash. Or, la scène à laquelle elle vient d'assister ne lui plaît pas du tout... D'ordinaire, le chef de SH1FT3R sait se montrer discret, c'est un habitué des infiltrations. Mais cette fois, il attire beaucoup trop l'attention. Pourquoi agit-il ainsi aux grands jours, en prenant le risque d'alerter les autorités ?

– Il manigance quelque chose, marmonne-t-elle. Mais quoi ?

Le soleil a laissé place aux nuages, qui assombrissent à présent le ciel au-dessus du Mont Zébulon. Une pluie fine rend glissante l'étroite route de montagne. Pourtant, les pilotes accélèrent. Layla tente même une manœuvre périlleuse pour dépasser Clash dans un virage particulièrement serré. Et elle ne peut retenir un cri de joie en prenant la tête de la course.

– Je t'avais bien dit que cet endroit était génial ! lui lance Clash dans la radio.

– C'est incroyable, approuve la jeune femme. Ça ne t'ennuie pas que j'aie pris la tête ? demande-t-elle.

– Pas du tout, la rassure Clash. Mais tiens-toi prête, tu vas avoir quelques surprises…

Le chef de SH1FT3R change ensuite de canal, pour s'adresser à tous les pilotes en course.

– Votre attention, s'écrie-t-il. Bienvenue dans la course la plus longue et la plus risquée de toutes !

Des exclamations joyeuses accueillent sa déclaration. Tony, Cisco et Echo ne sont pas en reste : comme tous les concurrents, ils adorent les sensations fortes !

– Nous avons réussi à passer la sécurité de Delwyn Usk, explique Clash, mais nous avons des services secrets aux trousses.

Il marque une courte pause pour l'effet dramatique, puis reprend :

– Car voyez-vous, Tony Toretto et son crew travaillent pour eux !

Dans sa *muscle car*, le jeune pilote sent un frisson parcourir sa colonne vertébrale. Ils sont démasqués ! Comment est-ce possible ? Il avale sa salive. À bord de leurs véhicules respectifs, Cisco et Echo n'en mènent pas large non plus. Quant à Frostee, il ouvre des yeux paniqués.

– Je croyais qu'il ne se doutait de rien, *monsieur Super Infiltré*, grogne Miss Nullepart.

– Euh… je ne suis peut-être pas fait pour être espion, finalement, reconnaît Tony.

Parmi les coureurs, il y en a un que cette annonce affecte particulièrement. Ou plutôt une.

– Ce n'est pas vrai, souffle Layla, bouleversée.

– Je sais, reprend Clash. Difficile à croire qu'un Toretto soit un traître. Mais voilà comment va le monde… Son crew est entré par effraction chez moi. Ils ont fouillé partout et ont même mangé mon yaourt glacé !

– J'avoue, ça, c'était moi, lâche Cisco, dans son *trophy truck.*

– Certains diraient que c'est une mauvaise nouvelle, poursuit Clash. Mais ce qui ne tue pas rend plus fort !

Son visage souriant s'affiche sur les écrans de tous les coureurs.

– Alors je propose qu'on s'amuse un peu, poursuit-il. J'offre dix millions de dollars à chaque conducteur qui envoie valser Toretto ou l'un de ses coéquipiers loin de cette montagne une bonne fois pour toutes…

La promesse n'est pas tombée dans l'oreille d'un sourd : immédiatement, deux pilotes accélèrent pour entourer la *muscle car* de Tony.

La course vient de prendre un tournant… mortel !

Le jeune pilote passe une vitesse et appuie sur l'accélérateur pour semer ses poursuivants. Au même moment, la voix de Clash résonne de l'habitacle.

– Tu vois ? dit-il à Tony, triomphant. On ne sait jamais ce qui peut arriver dans une course SH1FT3R… Un petit conseil :

passe la seconde ! On se retrouve au sommet.

Puis il coupe la communication.

Cisco prend le relais, paniqué.

– Qu'est-ce qu'on fait, maintenant ? questionne-t-il.

– On stop la course ? propose Echo.

– Tout à fait ! confirme Miss Nullepart. Vous avez été découverts. Faites demi-tour, on vous récupère en bas. J'appelle le soutien aérien.

Tony serre les dents.

– Non, refuse-t-il. C'est notre dernière chance. Je ne laisserai pas Clash me battre.

– Toretto, on abandonne ! répète la directrice, inquiète. Ce n'est pas un jeu ! Ils sont plus nombreux que vous, et vous n'avez pas de plan.

Comme pour confirmer les dires de Miss Nullepart, une voiture remonte au niveau de la *muscle car*. Son pilote fait surgir des pointes de métal de ses enjoliveurs, visiblement décidé à crever les pneus de son rival. Il faut faire quelque chose !

D'un coup de volant, le jeune pilote heurte la voiture, qui se met

à tourner sur elle-même sous le choc. Puis, bousculée par le *trophy truck* de Cisco, qui les suit de près, elle quitte la route et dévale la pente.

– Il suffit de rester en vie jusqu'au sommet, déclare Tony. On pensera à un plan plus tard.

Malheureusement, même rester en vie ne semble pas si simple.

Motivés par la récompense promise, les pilotes sont plus agressifs que jamais.

Celui situé juste devant Tony libère soudain un gaz rouge opaque qui aveugle complètement

le jeune pilote ! Impossible de voir la route. Et quand on roule à pleine vitesse dans une route de montagne, c'est… plutôt handicapant !

Heureusement, Tony n'est pas seul : il peut toujours compter sur son crew. Les yeux fixés sur l'écran, Frostee repère la route pour son ami.

– Il y a un lacet cent mètres devant toi ! prévient-il.

– Reçu, répond Tony. Trois… Deux… Un !

Hop ! Le pilote braque avec autant d'assurance que s'il voyait le virage. Et ça fonctionne. Il reste dans la course. Mieux encore : il laisse le nuage de gaz derrière lui.

Pour le moment, le jeune pilote et sa *muscle car* sont encore en un seul morceau. Mais pour combien de temps ?

En équipe 6

Layla est toujours en tête de la course, suivie de près par Clash. Ce dernier ouvre un canal privé pour lui parler, tout en remontant à sa hauteur.

– Désolé de t'avoir appris ça de cette manière, commence le chef de SH1FT3R. Je sais que tu avais confiance en lui…

Layla secoue la tête.

– Je n'arrive pas à croire qu'il m'ait eue ! marmonne-t-elle.

Clash observe les réactions de la jeune femme. Il veut vérifier qu'elle ne l'a pas trahi. Et la réponse de Layla le rassure totalement.

– Il nous a menti, siffle-t-elle entre ses dents. Il va avoir ce qu'il mérite.

– Je te reconnais bien là ! s'exclame Clash, satisfait.

Il n'y a plus qu'à mettre à exécution la suite de son plan, à présent. Ce traître de Toretto n'est pas au bout de ses surprises…

Un peu plus bas, la muscle car de Tony vient de se faire alpaguer par son poursuivant direct. Le jeune pilote jette un coup d'œil dans le rétroviseur et aperçoit le filin qui le relie à présent à la voiture de derrière. Il est à la merci de son rival ! Il doit se libérer rapidement s'il veut espérer parvenir au sommet.

Sans hésiter, il donne un grand coup de volant, qui envoie valser son poursuivant dans le vide.

Le filin se casse net, et la voiture atterrit sur la route en contrebas, où elle heurte un autre concurrent. Parfait : Tony a fait d'une pierre deux coups !

Mais quand il relève les yeux, il aperçoit deux voitures qui roulent de front et à contresens. Elles foncent droit vers lui ! Manifestement, les deux pilotes sont prêts à l'accident pour récupérer la récompense promise par Clash.

Vite, Tony presse le bouton pour lancer les moteurs-fusées. L'accélération violente propulse la *muscle car* dans les airs… au-dessus des deux voitures !

Malgré cette cascade risquée, Tony s'en est sorti, encore une fois. Pourtant, il paraît un peu moins sûr de lui que tout à l'heure…

– Je ne suis pas certain de survivre à cette course, souffle-t-il dans sa radio.

L'environnement est hostile, ses adversaires sont trop nombreux… Et ce ne sont pas les seules mauvaises nouvelles : Frostee vient de repérer quelque chose.

– Clash fait modifier l'orientation des antennes satellites ! annonce-t-il à ses amis.

– Pour quoi faire, d'après vous ? questionne Cisco, tout en se débarrassant d'un concurrent grâce aux roues immenses de son *trophy truck*.

– Il doit vouloir offrir le câble à tout le pays, ironise Echo.

– Sérieusement ? demande le mécanicien, plein d'espoir.

– Mais non, enfin ! s'agace Miss Nullepart. Tout ça sent mauvais. Frostee, prends le contrôle des antennes et arrête-le, ordonne-t-elle au petit génie.

– Impossible, réplique ce dernier. Clash a dû se servir des codes pour forcer le système.

Dans sa voiture, Tony grimace. Le chef de SH1FT3R est en train de mettre son plan à exécution, et ils ne sont pas en position de l'en empêcher… Pire, ils ne savent même pas ce qu'il projette ! Le jeune pilote commence à comprendre qu'il a sous-estimé Clash. Mais il n'a pas le temps de s'interroger sur ce qu'il aurait pu faire différemment, car, sur la route, la situation se dégrade. Ce n'est plus une course, c'est une chasse à l'homme !

– Je ne sais pas où aller ! crie le jeune pilote. Ils m'attaquent de tous les côtés !

– Je suis là dans quatre-vingt-dix secondes ! annonce Echo, en accélérant pour lui venir en aide.

– Je ne suis pas sûr de tenir jusque-là, grogne Tony, poussé par une voiture à sa gauche et par une autre derrière lui.

– Accroche-toi, j'arrive ! lui crie Cisco, depuis la route en contrebas.

Le mécano remonte un levier du doigt pour mettre en marche son moteur-fusée. Aussitôt, *le trophy truck* bondit dans les airs.

– Freine ! ordonne Cisco à Tony.

– Quoi ? demande le jeune pilote, sans comprendre.

– Freine, je te dis ! répète son ami.

Cette fois, Tony s'exécute. Il appuie de toutes ses forces sur la pédale de frein. Surpris, les pilotes des deux voitures qui le suivaient ont juste le temps de donner un grand coup de volant, chacun d'un côté. Après avoir évité la collision, elles poursuivent leur route… jusqu'à ce que le *trophy truck* leur retombe dessus ! Le bruit de la tôle froissée résonne. Et voilà deux autres concurrents hors course !

– Merci, Cisco ! s'écrie Tony. Content que tu aies ajouté tous ces porte-gobelets !

Il veut faire de l'humour, bien sûr. Mais sa remarque arrive au mauvais moment : pendant le saut, un des fameux gobelets du mécanicien s'est renversé sur lui… Le voilà donc en train de s'essuyer le visage avec une grimace de douleur.

– J'ai peut-être légèrement exagéré, admet-il. Cette soupe était encore super chaude !

– Allez, essuie-toi, Gaspacho, se moque Echo. On a du boulot.

– Euh… Tu te trompes de gobelet, corrige Cisco. Le gaspacho, c'est froid.

On peut lui faire confiance sur ce point : quand il s'agit de nourriture, le mécanicien ne se trompe jamais !

Mais leur discussion sur les soupes est interrompue par Frostee :

– Layla et Clash sont presque arrivés au sommet !

Effectivement, à l'écran, les deux voitures de tête ont une avance très nette. Pourtant, Tony ne se décourage pas.

– On va les avoir ! assure-t-il, déterminé.

– J'ai contacté le NORAD pour tenter d'empêcher Clash de

contrôler le satellite, intervient Miss Nullepart.

Tony et son crew ne savent pas qu'il s'agit du commandement de la défense aérospatiale de l'Amérique du Nord, mais ils comprennent que ce fameux NORAD est censé les aider à reprendre le contrôle des antennes satellites.

– Malheureusement, les codes utilisés par Clash ont planté la plupart de leurs serveurs, poursuit la directrice. Ils doivent tout redémarrer. Pour résumer, soupire-t-elle, SH1FT3R a anticipé nos réactions… Clash savait qu'on serait là et qu'on essaierait de l'arrêter.

– Pour que je puisse l'empêcher de faire tourner les antennes, il faut que j'aille pirater le système directement sur place, intervient Frostee. Au sommet du Mont Zébulon.

– Non ! Tu restes où tu es ! décrète Miss Nullepart, inflexible.

Mais cette fois, le petit génie n'a aucune intention de lui obéir. C'est trop important.

– Je gère la situation, rétorque-t-il donc avec un sourire confiant.

Puis, il coupe la liaison vidéo…

Sur la route, Tony, Cisco et Echo sont aussi déterminés que le petit génie à faire tout ce qu'ils peuvent pour arrêter SH1FT3R. Pour commencer, Cisco accélère

jusqu'à heurter les deux voitures qui le précèdent. Tony en profite pour doubler le petit convoi, et heurter à son tour le parechoc arrière de la voiture suivante. Celle-ci tourne sur elle-même, avant de s'arrêter en travers de la route.

Cisco, qui suit juste derrière, n'a pas le temps de ralentir. Son *trophy truck* monte sur la voiture arrêtée comme sur un tremplin, et il s'envole une nouvelle fois dans les airs ! Heureusement, son moteur-fusée lui permet de contrôler son vol plané et d'atterrir sans dommage. Enfin, sans dommage pour lui, puisqu'il envoie valser deux concurrents de plus au passage.

Le problème, c'est que l'un des véhicules retombe sur la route en contrebas, juste devant Echo. Heureusement, la jeune fille a d'excellents réflexes, et elle réussit un crochet pour l'éviter. Mais il s'en est fallu de peu pour que la course s'arrête là pour elle…

– Tu peux regarder où tu jettes tes voitures, Cisco ? s'énerve-t-elle.

– Désolé ! bredouille le mécano, penaud.

De son côté, Frostee est monté sur le toit du camion, sa dernière invention à la main. Il regarde la montagne qui se dresse devant lui avec un air de défi. À lui de jouer, maintenant ! Il va prouver à Miss Nullepart qu'il n'est pas trop jeune pour sauver le monde !

Il enfile son sac à dos modifié, une paire de lunettes high-tech, et il prend son portable pour piloter le tout.

– J'espère que ça va marcher, cette fois, dit-il en démarrant l'application.

Le visage de Miss Nullepart surgit sur son écran.

– Frostee, n'y va pas, c'est trop dangereux ! lui répète-t-elle.

Mais le petit génie se contente de fermer la fenêtre de vidéo sans répondre.

– Elle a raison, enchaîne Cisco, qui vient à son tour d'apparaître. C'est de la folie d'aller là-haut !

– Sérieusement, reste où tu es, renchérit Tony. Laisse-nous faire !

Frostee fronce les sourcils, et coupe les communications. Il faut que son crew apprenne à lui faire confiance.

– Ne vous en faites pas, déclare-t-il pour lui-même. Moi aussi, je fais aussi partie de l'équipe. Je vais régler ça.

D'une pression du pouce, il démarre son drone, et s'élève dans le ciel.

– Wouhou ! hurle-t-il, euphorique. Je vais arriver avant vous là-haut. Frostee volant à la rescousse !

Mais brusquement, sa trajectoire se modifie. Il a perdu le contrôle !

– Arrêt des propulseurs ! ordonne-t-il.

Il se met aussitôt à chuter lourdement. Il pousse un hurlement et reprend :

– Reprise des propulseurs ! Puissance maximale !

Ça y est, il remonte ! Ouf !

– Tout va bien, souffle-t-il. Personne n'a rien vu…

La fenêtre de communication s'ouvre à nouveau sur l'écran de son portable, et Miss Nullepart lance, un sourcil levé :

– Moi, je t'ai vu.

– Ah oui ? répond Frostee, gêné. Euh… Alors, regardez ! reprend-il, en accélérant, droit vers le sommet. Qu'est-ce que vous dites de ça ? Youhou ! Génial !

Il file sans encombre jusqu'aux antennes satellites, puis se pose en douceur.

– Le petit ange a atterri ! annonce-t-il fièrement.

Vite, il se dirige vers l'antenne satellite la plus proche.

– Si je redémarre directement, réfléchit-il en

essayant d'accéder au panneau de commandes, je devrais pouvoir contrer les codes de Clash…

Soudain, il sent une présence dans son dos. Il se retourne et souffle, stupéfait :

– Oh, oh…

Au sommet 7

Quelques instants plus tard, Clash et Layla parviennent au sommet du Mont Zébulon. Quand ils sortent de leurs voitures, le chef de SH1FT3R demande à la jeune femme :

– Prête pour ta surprise ?

– Je crois que j'ai ma dose de surprises pour aujourd'hui, réplique Layla.

– Tu n'imagines même pas ce qui t'attend, répond Clash avec un petit sourire.

Mais avant qu'il ait pu révéler quoi que ce soit, trois autres véhicules les rejoignent au sommet. Tony, Echo et Cisco sont arrivés, eux aussi.

– Tu as réussi, lance Clash au jeune pilote. Tu ne vas peut-être pas me croire, mais je suis content que tu sois là.

– Tu as raison, je ne te crois pas, répond froidement Tony.

– Et moi, je n'arrive pas à croire que tu sois un traître ! s'écrie Layla.

Le jeune pilote baisse la tête, sincèrement peiné pour elle.

– Désolé de t'avoir menti. Je ne voulais pas te faire de mal…

– Me faire de mal ? répète la jeune femme, hors d'elle.

Elle s'approche et gifle Tony aussi fort qu'elle le peut. Ça ne sert à rien, mais elle se sent un peu mieux.

– Bien joué ! ricane Clash.

Non seulement la scène l'amuse beaucoup, mais en plus, elle lui ôte ses derniers doutes : Layla ne savait pas que Tony et ses amis travaillaient pour le gouvernement.

– Et pour ton information, termine Layla, je t'ai battu. Encore une fois.

Une dizaine de coureurs arrivent à présent au sommet de la

montagne, tandis qu'Echo et Cisco cherchent Frostee du regard. Où est-il passé ? Il a dû arriver bien avant eux, grâce à son drone, pourtant il est introuvable. Ses amis sont inquiets. A-t-il eu le temps de se cacher avant l'arrivée de Clash et de Layla ?

– Frostee, où es-tu ? chuchote Cisco dans sa montre.

Seul le silence lui répond. Silence bientôt rompu par des murmures. Clash désigne à tous les pilotes un point lumineux qui grossit dans le ciel.

– Le voilà, annonce le chef de SH1FT3R, aux anges.

– Qu'est-ce que c'est ? demande Layla.

– La raison de notre venue ici, répond Clash. Je vous avais dit que ce serait la plus grande course SH1FT3R de tous les temps, reprend-il à l'attention de tout le monde. Alors tenez-vous prêts pour le grand final !

Toutes les têtes sont levées vers le mystérieux objet en approche.

– On va combattre des aliens, c'est ça ? panique Cisco. Je vous préviens, ne comptez pas sur moi…

Le mécanicien essaie de se cacher derrière Echo, mais comme la jeune fille est bien plus petite que lui, ce n'est pas un succès.

– Alors, tout ça, ce n'était qu'un casse de plus ? demande Layla à Clash. Pourquoi tu ne m'as rien dit ?

– Tu m'avais assuré que Tony Toretto était fiable, répond Clash. Je ne savais plus si je pouvais te faire confiance.

– Je me suis trompée, reconnaît Layla en baissant la tête. Désolée…

– On fait tous des erreurs, la rassure Clash. C'est du passé. Regarde un peu ça !

Dans la nuit, les contours de l'engin mystérieux se précisent peu à peu. C'est un petit vaisseau spatial, qui ressemble aux capsules qu'utilisent les astronautes pour revenir sur terre.

– En envoyant ce vaisseau dans l'espace, Delwyn Usk pensait certainement qu'il n'y avait aucun risque que quelqu'un vienne le lui voler, explique Clash, triomphant. Mais il n'avait pas prévu notre course SH1FT3R...

La foule acclame l'exploit. Rien n'arrête leur chef, même pas l'espace !

Avec un sourire amusé, Clash se tourne vers Layla et termine :

– Il ne l'a pas vu venir, celle-là !

Devant eux, la navette spatiale se pose. Puis s'ouvre comme une fleur pour révéler son contenu : une voiture de course futuriste d'un vert métallique.

– Waouh ! admire Cisco. C'est une de leurs fameuses voitures…

– … comme celles dans la chambre forte, complète Echo.

– Mais oui ! comprend soudain Tony. Ce sont les clés ! Les voitures sont les clés !

Malheureusement, cette révélation arrive trop tard. Clash s'approche du jeune pilote, et lui lance :

– Je suis désolé pour toi, Tony. Je sais que je vais devenir l'homme à abattre. Layla, moi et tous les autres, nous allons devoir prendre la fuite… Pourtant, c'est toi que je plains. Nous sommes des hors-la-loi, tu sais ce que ça veut dire ? Qu'on s'amuse comme tu ne pourras jamais le faire ! Et dire que tu aurais pu faire partie de tout ça, termine-t-il en secouant la tête.

Clash semble vraiment déçu. Il le trouvait rigolo et casse-cou, ce petit Toretto. Il aurait pu en faire quelque chose, c'est sûr…

Soudain, des sirènes résonnent au loin. La police arrive! Tony reprend espoir.

– C'est fini, Clash, annonce-t-il. Tu ne pourras pas t'enfuir de cette montagne !

– C'est si décevant, ricane le chef de SH1FT3R. Tu n'arrives pas à voir toutes les possibilités qui s'offrent à toi…

Il se tourne vers ses hommes et ordonne :

– Retenez-les !

Aussitôt, les trois amis sont immobilisés par des pilotes costauds. Impuissants, ils observent les préparatifs de Clash. Un des pilotes fixe un câble à la navette spatiale, puis tend à Clash un objet qui ressemble à un bazooka. Quand ce dernier tire vers le ciel, un ballon s'élève dans les airs. Il est désormais relié à la navette spatiale par un solide filin.

– Tu crois que je suis monté sans avoir imaginé un moyen de redescendre ? lance Clash.

Il grimpe sur la plateforme du vaisseau spatial, à côté de la voiture verte, et fait signe à Layla de le rejoindre.

Puis, en regardant dans la direction d'une des antennes, il crie :

– C'est bon, faites-le sortir !

Layla retient un cri de surprise. Encore une fois, Clash ne lui a pas tout dit… Nacho et Rollie, les

mécaniciens de SH1FT3R, viennent de surgir de l'ombre. Et ils ne sont pas seuls : ils traînent Frostee, qui se débat du mieux qu'il peut. Mais le petit génie n'a aucune chance face aux deux adultes qui font deux têtes de plus que lui…

– Oh, non, murmure Tony.

Il est en train de vivre son pire cauchemar. Un de ses amis est prisonnier, et il ne peut rien faire pour l'aider !

– Qu'est-ce qui se passe ? s'écrie Layla, en voyant que Nacho et Rollie conduisent Frostee jusqu'à eux.

– J'assure simplement nos arrières, répond le chef de SH1FT3R.

Il attend que les mécaniciens aient fait monter le petit génie sur la plateforme, puis il se tourne vers Tony, menaçant :

– Si vous voulez revoir le gamin un jour, dites à vos copains du gouvernement de nous laisser partir sans nous poursuivre, c'est compris ?

Tony serre les dents. Clash va se servir de Frostee comme d'un otage ! Le jeune pilote a beau lutter de toutes ses forces, il ne réussit pas à se libérer. À ses côtés, Cisco entre dans une colère noire. Ses forces décuplées, il se débarrasse des hommes qui tentaient de le retenir ! Au même moment, un avion surgit dans le ciel.

– Jun est là, remarque Clash. Pile à l'heure.

Cisco s'élance et court vers Frostee pour tenter de le libérer. Mais il est déjà trop tard… L'avion attrape le ballon en plein vol, et soulève la navette dans les airs. Cisco bondit, mais il ne parvient pas à agripper la plateforme. Elle est déjà hors de portée.

– Non ! hurle-t-il. Frostee !

Sous ses yeux, le vaisseau referme ses pétales de métal et s'éloigne.

Un peu plus loin, Tony et Echo baissent la tête, désespérés. Leur ami est prisonnier, et ils ne savent pas quand ils le reverront. S'ils le revoient un jour…

Dans un vacarme assourdissant, on aperçoit soudain trois hélicoptères qui surgissent de nulle part et viennent entourer l'avion et le vaisseau spatial. C'est maintenant un véritable convoi aérien qui s'éloigne dans le ciel. Décidément, Clash avait tout prévu…

– Miss Nullepart, lance Tony dans sa montre. Ne tirez pas. Ils ont Frostee !

FIN

Les as-tu tous lus?

Tome 1

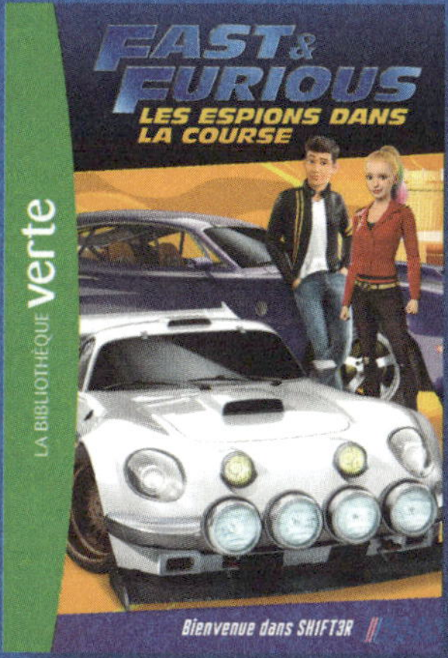

Tome 2

Tome 3

TABLE

FAST & FURIOUS
LES ESPIONS DANS LA COURSE

Tous tes héros préférés sont sur le site :
www.bibliotheque-verte.com

PAPIER À BASE DE FIBRES CERTIFIÉES

hachette s'engage pour l'environnement en réduisant l'empreinte carbone de ses livres. Celle de cet exemplaire est de :
400 g éq. CO_2
Rendez-vous sur www.hachette-durable.fr

Photogravure Nord Compo - Villeneuve-d'Ascq

Imprimé par Macrolibros en Espagne
Dépôt légal : février 2021
Achevé d'imprimer : janvier 2021
17.2382.6/01 – ISBN 978-2-01-713201-1
Loi n° 49956 du 16 juillet 1949
sur les publications destinées à la jeunesse